U0072450

冬天的童話

管家琪◎著 貝果◎圖

欣賞童話，培養品德

　　這一套書，「品德童話」系列，是為少年讀者編寫的文學讀物。這個系列的特色，是每一本書都有一篇童話。這一篇童話吸引讀者的是它本身的趣味，但是其中的情節和角色的行為，都能散發出一種品德的光輝，期待著每一個少年讀者都能因為受到文學的薰陶，自自然然的「體會到」什麼是品德、自自然然的「看到」品德的實踐。

　　近年來，品德教育越來越受到家長和教師的重視，原因是我們發現我們的孩子並不生活在一個幸福的安全的社會裡。為了孩子的幸福和安全，我們需要創造一個新社會。這個新社會的出現，除了要靠大人對品德的堅持和實踐、示範以外，孩子的品德教育也很重要，而且是關心得越早越好。鼓勵少年讀者閱讀「品德童話」，就是一種實踐。

兒童文學作家管家琪女士，受邀撰寫「品德童話」系列。她是一位優秀的童話作家，屢次以她的童話作品獲獎或獲得表揚。她寫作勤奮，作品在整個華文世界裡廣受少年讀者的歡迎。在大陸，在香港，在馬來西亞，都有她的讀者。她自稱她為「品德童話」系列所寫的童話，是一種「品德童話」，說明了她這一次是以「品德」為主題而寫的童話。

　　管家琪富有幽默感，所寫的童話常常令人讀來莞爾。她對於情節的安排，常常出人意料。她能在故事中技巧的運用趣味對話。那些對話對讀者都很重要，情節的變化常常就藏在對話裡。她的童話有一個永恆的主題，那就是「趣味」。這趣味，對少年讀者有很大的吸引力。

　　一九〇九年，諾貝爾文學獎的得主「拉格勒芙」（Lagerlöf,1858-1940）。她是瑞典人，以早期的小說、詩歌創作受人推薦而得獎。其實她在得獎以前，因為寫了長篇童話《騎鵝旅行記》，早就是瑞典全國家喻戶曉的作家。當時的情形是，有一位小學校長，邀請她寫一本故事，希望能讓孩子們「在

欣賞之餘」，還能對祖國瑞典的歷史地理有所認識。拉格勒芙接受邀約以後，走遍瑞典全國，訪問各地居民，需要的材料都有了，只是遲遲無法動筆，因為她在等待一個「故事」。

她一直等待到腦中的《騎鵝旅行記》趣味故事構思成熟，才開始下筆去寫。這篇很能吸引孩子的長篇童話，果然也能讓瑞典的孩子「在欣賞之餘」，對瑞典的歷史地理有所認識，不但達成了原先設定的目標，同時也成為兒童文學世界裡的一部名著。

對於管家琪的「品德童話」，我們也懷著同樣的期待，因為她是一位會寫童話的人。她的童話，一定也會使孩子在欣賞之餘，同時還能受到美德的薰陶。

知名兒童文學作家

林良

用童話的眼光來看待萬事萬物／管家琪

「童話」一詞，往往象徵著一種極其美善和極其美好的感覺。什麼是童話？童話就是一個萬事萬物都有靈的世界，也是一個眾生平等的世界。

只要看看各個民族的神話故事，你就會發現，在遠古的神話時期，人類只不過是大自然中的一份子，和其他一切的山川景物、蟲魚鳥獸一樣，都只是同一個大家庭中的一員，就好像美國一位著名的印地安酋長西雅圖（位於美國西北的大城市西雅圖就是以他的名字來命名），曾經在一篇演說中所提到的「老鷹兄弟、天空姊妹」的說法一樣，所以在神話故事中，人類總是可以毫無困難地幻化成所有的動植物，乃至叢林小溪，名山大川，甚至是彩虹、閃電等自然景象。

遠古時期就像是人類文明的嬰幼兒時期。仔細觀察孩子們，特別是幼兒，他們往往就是生活在一個童話的世界，會把小狗小貓當成是手足，把玩具當成是知心朋友，把狂風暴雨當成是某一個發怒的人……，每一個孩子都具備著所謂「擬人化」的特質。

　　我們該如何教導孩子來愛護環境？其實，只要好好引導孩子，讓孩子們「擬人化」的特質充分獲得發揮就可以了。

　　如果不給植物澆水，想像植物會口渴；隨意朝小溪亂丟垃圾，想像小溪會哭泣；任意濫墾山林，想像山林會悲號……，如果我們能夠發自內心地用一種童話的眼光來看待萬事萬物，看待我們所生存的環境，我們還會不好好

愛惜嗎？

　　只要有了真誠的愛護環境之心，自然就能進一步產生環保意識。因為，地球本來就是一個大家庭，而我們只有一個地球。

　　此外，在這個故事中提到的在冬天種樹是確有其事。我曾經讀到過一篇文章，題目叫作〈熟睡著的生命〉，作者是感動（應該是筆名），作者說有一年冬天，在大陸北方有「林都」之稱的城市伊春，看到林業工人在植樹，很驚訝，但是當地人說，如果能為松樹多考慮一點，選在冬天它們休眠時替它們挪窩，成活率就會比較高，作者因此覺得那些即將被挪窩的松樹一個個就像是「熟睡著的生命」。讀到這篇文章，讀到這樣的小故事，我真的覺得

滿感動的，這多像是一則美好的童話啊，原來，生活中確實會存在著美好動
人的童話。

大自然的資源是有限的／管家琪

　　你們也許曾經陪爸爸媽媽一起去參加過他們和當年老同學的聚會，聽他們一起感嘆過「時間過得好快啊！」；你有沒有想過，為什麼大人老是會這麼說呢？

　　對於年紀還小的你們來說，你們會覺得「長大」是一件滿遙遠的事，「時間」彷彿是用不完的，可是對於已經長大的大人來說，他們卻已經深刻地感受到原來時間不是用之不盡的，原來是稍縱即逝的，原來是非常有限的，所以才會忍不住驚嘆時間流逝之快，而在驚嘆的同時，也會很自然地想到今後一定要好好珍惜。

環保意識的萌芽，有著類似的心理狀態，也是當人們忽然驚覺到原來大自然的資源是有限的，不可能永遠任由我們惡意對待或揮霍；如果我們總是惡意對待大自然，大自然會反撲，如果我們總是毫不珍惜地揮霍大自然，一旦揮霍光了，地球也完蛋了，等到那個時候，人類還可能生存嗎？

　　因此，就像生命是有限的，所以我們應該好好愛惜光陰一樣，只要想到大自然也是有感知能力的，大自然的資源也是有限的，我們就應該好好地愛護環境啊。

守護地球～我們唯一的家／貝果

畫紙中的小棕熊在冰天雪地裡走著，牠走啊走啊，離家愈來愈遠……

我放下畫筆望向窗外，搖晃手中的冰拿鐵，冰塊在杯裡發出「ㄎㄥ　ㄉㄧ
ㄥ」聲，冬天似乎離我好遠好遠。

又是一個暖冬！

台北的冬天不下雪，但畫著《冬天的童話》的日子裡，小棕熊的遭遇彷
彿積雪般覆蓋於我的心上，有些沉重。

當小棕熊踏出家門的那一刻，牠會認識什麼樣的世界？

我把畫面視點角度降低，聚焦在小棕熊和小青身上，用孩子的眼光來看
看這個世界。

嘗試畫出「醜醜的雪人」，那個不完美卻是小青用心堆成的雪人。

畫筆很神奇，美與醜一瞬間就可以改變它。

那麼，我們的心是不是也可以很神奇呢？

森林濫伐、土地過度開墾，溫室效應、地球暖化，生態環境不斷遭受人類無情的破壞⋯⋯

關懷與漠視也是在一念之間。

仰望星空，我想和小棕熊、雪人、松樹以及塑膠熊一起許個願！

「我希望人們尊重自然萬物，善待每個小生命；我希望人們付諸行動，守護地球～我們唯一的家」。

相信擁有顆像孩子般純真、善良的心，是改變這個世界最大的力量。

繪者小檔案

熱愛繪本及插畫創作，

覺得孩子的笑容是世上最美的畫面。

雖然身處城市中，但我的心裡有一座森林，

那兒有許多可愛的小動物，經常可以聽到孩子們的笑聲，

還有一個長不大的小孩，在森林裡散步。

作品曾獲：信誼幼兒文學獎、Book From Taiwan 國際版權推薦、
義大利波隆那兒童書展台灣館版權推薦、好書大家讀入
選、新聞局中小學生優良課外讀物、香港豐子愷兒童圖
畫書獎入選等。

繪本創作：《藍屋的神祕禮物》、《早安！阿尼，早安！阿布》

插畫作品：《蜜豆冰》、《妙點子商店》、《阿咪撿到一本書》、
《毛毛蟲過河》、《冬天的童話》等20多本。

個人部落格：http://www.wretch.cc/blog/bagelstyle

角色圖

小青的爺爺

小青的爸爸

小青的媽媽

小青

塑膠熊

松樹

雪人

小棕熊媽媽

小棕熊

17

又是冬天了。

在一個剛剛下過一場大雪的冬日的清晨，一頭小棕熊小心翼翼地在雪地裡行走。

大地一片雪白，非常安靜。小棕熊慢慢地走著。媽媽告訴過他，走得快會更容易餓，所以他得一直提醒自己別走得太快。在這種覓食不易的冬天，餓肚子可是一件非常難受的事。

媽媽說，以前他們很少在冬天餓肚子。

「爲什麼？」小棕熊問過媽媽，「以前在冬天就會有很多吃的東西？」

「這個我倒是也不大清楚，」媽媽說：「只是以前一到冬天我們就會睡大覺，等到一覺起來就已經是春天了，感覺上以前的冬天很好過啊。」

　　而現在的冬天不好過，最主要的原因就是現在到了冬天大家都睡不著了。

　　媽媽也不知道為什麼會這樣，只是常常念叨著：「反正在我們小的時候，一到冬天，大家都會很自然地就睡了啊。」

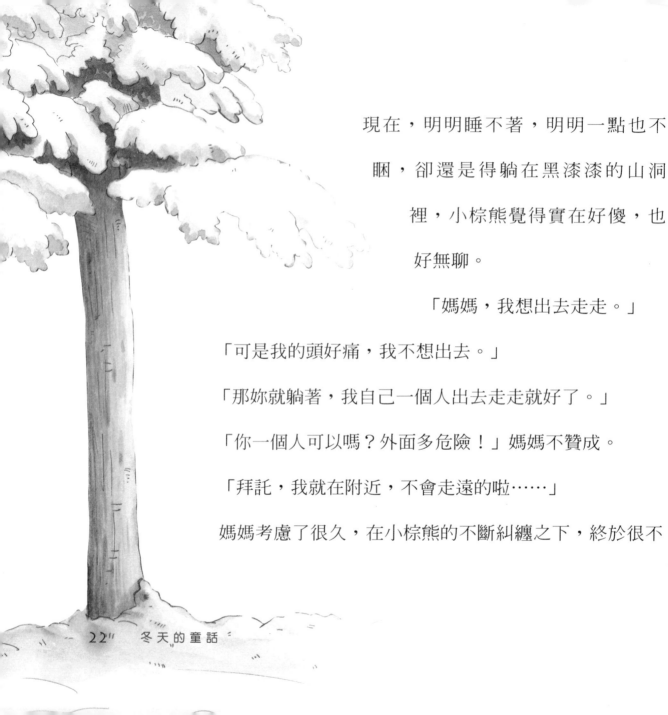

現在，明明睡不著，明明一點也不睏，卻還是得躺在黑漆漆的山洞裡，小棕熊覺得實在好傻，也好無聊。

「媽媽，我想出去走走。」

「可是我的頭好痛，我不想出去。」

「那妳就躺著，我自己一個人出去走走就好了。」

「你一個人可以嗎？外面多危險！」媽媽不贊成。

「拜託，我就在附近，不會走遠的啦……」

媽媽考慮了很久，在小棕熊的不斷糾纏之下，終於很不

情願地勉強同意。

　　於是，小棕熊就爬出山洞，活動活動筋骨。

　　他們的家就在靠近山坡不遠的地方。聽媽媽
說，以前這裡的樹木很多，是一片美麗的森林，
但是這幾年也不知道為什麼，樹木已經少得多了，
以前這一帶更美的。

　　小棕熊沿著山坡慢慢繞了一圈，正想打道回
府，忽然聽到一陣陣輕微的好像是金屬敲擊的聲
音。小棕熊好奇地探頭一看，看到山坡下那
棟木屋附近有些奇怪的動靜。

那棟木屋的主人是一個退休的大學教授。一到冬天，這個在白天氣溫只有零下二十幾度的北方小鎮是他的家鄉。老教授大半生都在南方工作，從好幾年前開始他就常常說退休後要回到家鄉，但是身邊的人總不是很當真；畢竟當年在考大學的時候，他就是嫌老家的冬天太冷，才一心報考了南方的學校。等到學業完成又留在母校任教，就這樣一晃過了幾十年，誰會想到他在步入晚年之後會真的回到了北方呢。

　　此時，老教授正和他的兒子並肩站在木屋的後院，看著幾個林業工人在路邊凍得十分堅硬

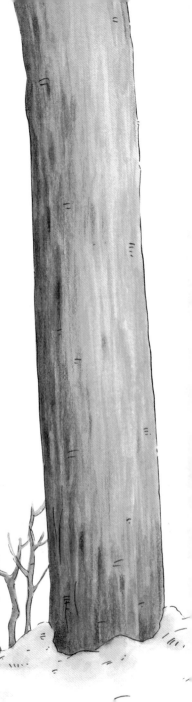

的泥土上使勁地刨坑，在坑的旁邊放著幾株兩米多高的松樹。

　　一個小女孩正在他們的不遠處，努力地堆雪人；這是老教授的孫女小青。

　　「爺爺，為什麼要在冬天種樹啊？不是應該在春天種樹嗎？」小青問。

　　「在冬天種樹，樹容易活。」老教授說。

　　「為什麼呀？冬天這麼冷，把這些樹這樣搬來搬去，他們受得了啊？」小青想不明白。

這是小青第一次在冬天跟著爸爸媽媽一起到北方來探望爺爺，也是小青第一次看到雪，她覺得雪真是美極了。

老教授微笑地說：「因為這些松樹都已經睡著了，所以就都沒感覺到冷。」

「真的嗎？」

「真的，就好像有好多動物在冬天要冬眠一樣，樹木在冬天也會休眠，趁他們在睡覺的時候，把他們從一個地方挖出來，再悄悄挪到另一個地方去，等到春天來臨，這些樹木醒來的時候，雖然發現自己被換了一個地方，可是他們的根已經扎扎實實地深入到泥土裡，自然也就只好乖乖

地繼續生長啦。」

小青還是半信半疑，轉頭又問爸爸：「爸爸，爺爺有沒有騙我啊？我怎麼感覺好像是在聽故事？」

「當然是真的，」爸爸說：「在我小的時候，看到大人在冬天種樹也覺得很奇怪，後來才知道這是很有道理的，在冬天種樹，成活率反而比較高。」

「我還是想不通。」小青嘟嚷著。

其實她想不通的事可多啦，比方說，她也不懂為什麼圖畫書上面的雪人都那麼漂亮，好像堆雪人很容易，實際上想要堆一個漂亮的雪人真的好難喔。

爸爸說：「妳只要想著大家是把松樹

看成是有生命的，所以，我們要呼吸，

他們也要呼吸──」

「我們要睡覺，他們也要睡覺？」

「沒錯，就是這樣。」

小青轉過頭來看看自己面前的雪人。

「那雪人也是有生命的？那我把他堆成這樣，他會不會生氣啊？」

就連小青自己都覺得，面前這個所謂的雪人，只不過活像是大小兩

個麵糰上下堆放在一起而已，和原先想像中的雪人的形象實在是相差得

太遠了！小青真不明白，為什麼腦海裡明明有一個很好的畫面，兩隻手

卻那麼不聽話，就是做不出來呢？

　　可是爺爺安慰小青：「不會啦，因為妳剛才是快快樂樂把他堆出來的，所以不管怎麼樣他都是一個快樂的雪人。」

　　聽到爺爺這麼說，小青總算是放心了，開心地笑了起來。

　　「小青，妳累不累啊？」爸爸問道：「不是說今天晚上要等著看流星嗎？這麼一大早就起來，怎麼撐得到晚上？下午一定要睡個午覺。」

　　「好啦，我會睡的。」小青答應著。平常她就像大多數的孩子一樣，都不喜歡睡午覺，覺得睡午覺是浪費了玩的時間，可是今天不同，今天晚上有大節目，她還從來沒有看過流星呢，她也知道自己一定要養足精神才行。

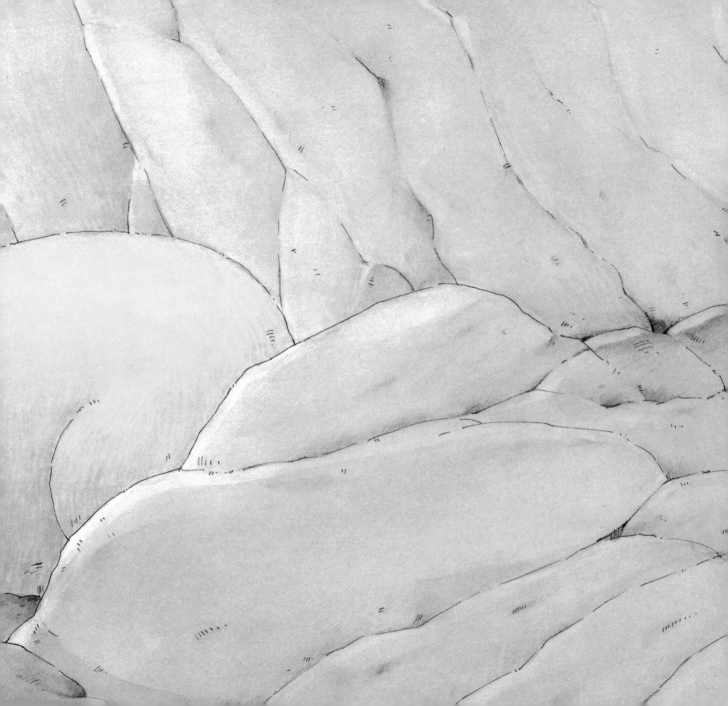

遠遠地，小棕熊注視了他們一會兒，忽然想到自己好像出來得太久了，就趕快往回走。

在快要靠近山洞的地方，小棕熊碰到了媽媽。

媽媽一看到他，就生氣地問：「你跑到哪裡去了？不是說好馬上就會回來的嗎？外面那麼危險，害我找了半天，急都急死了！」

「對不起。」小棕熊趕緊低著頭跟在媽媽後面一起鑽回山洞。

母子倆重新躺下來。媽媽一邊把小棕熊抱在懷裡，一邊關心地問道：「你沒碰到什麼麻煩吧？你剛走我就後悔了，外面那麼危險，我不該讓你一個人出去的。」

　　「沒有，不過我看到一些奇怪的事。」

　　小棕熊把自己剛才看到的情形都告訴媽媽。

　　「哦，那沒什麼，他們總是在冬天種樹的，他們有的時候也會做一點好事……」

　　熊媽媽所說的「他們」，指的自然是我們人類了。

　　「我們真的得趕快睡了，冬天還長得很呢，這樣下去可不得了！」媽媽的口氣愈來愈煩躁，「本來如果

是安安靜靜的躺著，比較不容易餓，也許還會不知不覺地睡著，這個冬天才不會這麼難捱，可是我剛才急著出去找你，現在真的好餓。」

小棕熊愈聽愈慚愧，「媽媽，對不起啦，我一定不會再亂跑了。」

「算了，趕快睡吧，我們最好都別再說話了。」媽媽用厚厚大大的熊掌輕輕地拍拍小棕熊，讓小棕熊知道媽媽還是很愛他，還為小棕熊哼了一會兒安眠曲。

母子倆在黑暗中靜靜的躺了片刻，然

後不約而同地唉聲嘆氣起來。

「媽媽，我真的睡不著，而且我真的好餓！」小棕熊帶著哭腔說。

「唉，我也是——不行，我得出去找一點食物。」說著，媽媽就開始挪動身子。

「可是，媽媽，妳不是總說外面很危險嗎？」

「現在也顧不了那麼多了，我們兩個總要有一個出去找食物，那當然應該是我去，像這樣肚子空空的，我們永遠也睡不著。」

「我想跟妳去。」

「不行，你還是待在家裡比較安全。」

雖然小棕熊很不願意一個人被留在山洞裡，很想跟著媽媽一起出去找食物，可是這一次媽媽很堅持，小棕熊沒辦法，只好滿心不情願地對媽媽說：「妳一定要趕快回來喔。」

「我會的，我一找到食物就回來。」媽媽親親小棕熊，再三保證。

在她把腦袋探出山洞之前，非常小心地先朝外面東張西望一番，確定沒有危險。

媽媽走了以後，小棕熊一個人躺在黑漆漆的山洞裡。

他當然還是睡不著，只好發呆。

「媽媽應該很快就會回來了。」小棕熊跟自己打氣。

然而，他等了好久好久，媽媽還是沒有回來。

小棕熊漸漸忘記了肚子餓，因為他愈來愈著急，愈來愈害怕。

「媽媽到底到哪裡去了？」不久前媽媽等不到他的那種著急的心情，小棕熊現在總算是可以體會了。

感覺上好像又過了好久好久，媽媽還是沒有回來。小棕熊實在是等不下去了，決定要出去找媽媽。

他先在山洞附近繞了一圈，沒看到媽媽，於是，又把尋找的範圍擴大一點。

小棕熊來到木屋附近，看到剛才那些人都不見了，而剛才還躺在地上的松樹則都已經種好了。

小棕熊往另外一個方向跑。由於緊張和焦慮，他已經完全顧不了之前媽媽一直告訴他的「慢慢走，比較不會累，也比較不會餓」。再說反正他現在已經很餓很餓，也沒多大差別了。

媽媽到底到哪裡去了？

小棕熊六神無主，跑著跑著，找著找著，忽然聽到一陣吵雜，是人類的聲音！可是 —— 不對，是他聽錯了嗎？他怎麼覺得好像還夾雜著媽媽的聲音？而且好像還是很痛苦的樣子？

小棕熊急得要命，循著聲音傳來的方向拚命跑過去。

他跑到山坡上，向下一望 —— 先是大吃一驚，然後馬上驚叫起來！

就在下面，他看到媽媽躺在地上，好多人圍在媽媽附近，但是都沒有靠得媽媽太近。

媽媽聽見小棕熊的聲音，掙扎地抬起腦袋，朝小棕熊看了一眼，拚了很大的力氣大叫道：「不要過來！」

小棕熊還想往下衝，媽媽又叫了一聲：「不要過來！聽話！」

小棕熊停住了，哭著大叫：「媽媽！妳怎麼了？」

「我受傷了，」媽媽痛苦地喘著氣，「我的右腳不小心踩到了陷阱──」

那些圍在熊媽媽附近的人們都注意到了小棕熊，紛紛說：「那一定是這頭母熊的寶寶……」

媽媽弄不清這些人打算要做什麼，所以她不希望小棕熊靠近；大家都知道人類是最可怕的動物，萬一小棕熊靠得太近，誰知道他們會把小

棕熊怎麼樣呢！

「不要過來，」媽媽吃力地繼續提醒著小棕熊：「不管發生了什麼，都不要過來！」

「媽媽，媽媽……」小棕熊無助地趴在那兒，不知道該怎麼辦，只能一個勁兒地哭。

不久，媽媽身邊又聚集了更多的人。忽然，小棕熊看到有人朝媽媽射了一個飛鏢，然後，媽媽很快地就不動了！

「哇！你們殺了我媽媽！」小棕熊痛哭，悲憤莫名。

他什麼也不能做，什麼也阻止不了，只能眼睜睜地看著那些人把媽媽抬走。

小棕熊一直哭、一直哭，等到媽媽和那些人都已經完全離開他的視線了，他還是全身無力地趴在那兒，又哭了好一會兒，才傷心欲絕地緩緩離開。

小棕熊不知道該怎麼辦，更不知道以後沒有媽媽的日子該怎麼過，只好又回到山洞裡。

現在，黑漆漆的山洞裡只剩下他一個人了。小棕熊愈想愈悲傷，愈想愈絕望，忍不住又哭了起來。哭著哭著，在極度困乏的情況下，倒是不知不覺地睡著了。

但是，他並沒有睡得太久。

小棕熊醒來，第一個念頭就是找媽媽，一翻身，發現身邊空空的，

才猛然想起媽媽已經死了。緊接著小棕熊又想，現在是春天了嗎？他的肚子還是好餓好餓，如果已經是春天，他就可以出去找東西吃。

媽媽已經不在了，小棕熊知道以後一切都只能靠自己了。

他滿懷期望地往洞口爬過去，才剛剛爬了兩步，還沒接近洞口，就已經感受到從外頭飄進來的陣陣寒意。

小棕熊的心裡有一種很不好的預感。

爬出洞口一看——

果然，還是一片銀色大地。現在還是冬天。

小棕熊抬頭看看頭頂點綴著好多小星星的夜空，心想，哦，已經是晚上了。

他不知道，其實他只睡著了十幾個小時而已。

小棕熊看看四周，覺得現在比清晨還要安靜，決定出去試試，看能不能找到一點吃的。

小棕熊走了一會兒，來到木屋附近。木屋裡還有一點亮光。小棕熊望著那棟木屋，開始盤算著。雖然他記得媽媽一再警告過他，要遠離人類，人類是最可怕、也最可惡的動物，嚴重破壞了他們的生存環境，可是小棕熊記得

媽媽同時也說過，有人類出現的地方往往很容易就可以找到食物。

　　小棕熊考慮了一會兒，決定要去木屋那裡碰碰運氣。他想，只要自己小心一點，就可以在找到吃的東西以後立刻安全撤退。

　　他一步一步謹慎地接近小木屋，然後又沿著木屋小心地繞了一圈。

　　但是，他什麼也沒有找到。

　　又餓又累的小棕熊真是失望極了，來到後院，一屁股就跌坐在一棵小松樹下。

　　就在這個時候，一個聲音悶悶地嚷著：「哎呀，救命！你坐到我了！我不能呼吸了！」

小棕熊嚇得跳了起來。

奇怪的是，什麼也沒有啊。

「我明明聽到有人在跟我說話，而且——聲音好像是從地下發出來的？是我聽錯了嗎？還是我真的是餓昏了？」小棕熊很納悶。

這時，離小棕熊不遠的地方，有一個怪傢伙開口說話了。

怪傢伙告訴小棕熊：「你把他坐到雪地裡去啦，趕快把他弄出來吧。」

小棕熊還沒來得及問清楚那個「他」是誰，就先充滿警戒地

瞪著那個怪傢伙：「你又是誰？」

「據說我是一個雪人。」怪傢伙的口氣聽起來倒是挺和善的。

「雪人？」小棕熊不敢相信。雪人他見過，和眼前這個傢伙一點也不像呀。

雪人說：「你趕快先把塑膠熊挖起來再說吧。」

小棕熊狐疑地看看自己剛才坐著的地方，用手往雪地裡挖了一下，果真挖出了一個東西。

53

這個東西看起來更怪。小棕熊覺得這個傢伙雖然個子很小，長得倒滿像自己，可是比例又不太對，身體好像太胖了，而且居然還是粉紅色的？

小棕熊回過頭來又問雪人：「你剛才說他是什麼？我好像聽到一個『熊』字？」

雪人說：「沒錯，他是塑膠熊。」

塑膠熊？小棕熊心想，這是什麼熊啊？我怎麼從來沒有聽過？

就在他愣愣地看著塑膠熊的時候，塑膠熊也慢慢地甦醒了，正在大口大口地喘著氣。

「你也是熊？」小棕熊不敢相信，「你看起來一點也不像熊啊，我覺得你看起來比較像是——像是——豬。」

「喂，請你注意一下禮貌！」塑膠熊坐起來，神氣兮兮地說：「我可不是普通的熊，我是塑膠熊！我是人類發明的，跟人類也混得最熟，懂得最多——」

講到這裡，塑膠熊忽然覺得有點講不下去了。小棕熊雖然是一隻小熊，可是對塑膠熊來說，還是一個龐然大物，所以看到這麼一個龐然大物低著頭專注地盯著自己，塑膠熊覺得自己實在很難再繼續像剛才那樣神氣。

　　「喂，拜託你幫我一個忙吧，」塑膠熊對小棕熊說：「請你幫忙把我掛在這棵松樹的樹枝上吧，我的頭上有一個掛勾。」

　　「沒問題。」小棕熊很快就找到了那個掛勾，然後把塑膠熊掛在樹枝上。

這麼一來，塑膠熊就可以和小棕熊平視了。

「嗯，這樣好多了。」塑膠熊很滿意。

現在，是雪人比他們倆要矮得多，不過，他不介意，因為他是小青高高興興堆出來的，他是一個快樂的雪人，他凡事都想得開。

雪人關心地問小棕熊：「孩子，你怎麼會一個人在這裡？你媽媽呢？」

一提到媽媽，小棕熊就悲從中來，「媽媽死了！」

「啊，怎麼回事？」雪人和塑膠熊都很吃驚。

聽小棕熊說完他的遭遇，他們都很為小棕熊難過，都很氣憤地一起大罵萬惡的人類。罵著罵著，罵得太大聲，一棵小松樹——就是掛著塑

膠熊的那一棵——被他們吵醒了。

「好吵喔。」小松樹悠悠醒來。

塑膠熊一愣，趕緊對小松樹說：「哎呀，
你不應該醒來的！」

「為什麼？」小松樹語音模糊地嘟嚷著。

小松樹搖了搖頭，甩落了一些身上的積雪，終於慢慢

清醒過來，看看四周，看看雪人和小棕熊，還有

掛在自己身上的塑膠熊，呆了一下，然後馬上

大叫大嚷起來：「哇呀！這是哪裡？這不

是我的家啊！你們是誰？」

「冷靜！你一定要冷靜！」塑膠熊說：「千萬不要伸懶腰，不要亂動，否則你會死的！」

「啊，為什麼？」小松樹好害怕，「為什麼會這樣？我不懂為什麼我會在這裡？我是不是在作夢啊？」

小松樹記得自己的家是一片林業苗圃。他還記得剛才做了一個夢，夢到自己在一個好大好大的商場，變成一棵好高大好漂亮的聖誕樹……，小松樹看看眼前的木屋，和這三個奇怪的傢伙，又問了一次：「我怎麼會在這裡啊？」

「別吵別吵，我來告訴你，」塑膠熊說：「他們體貼你，趁你在睡覺的時候，悄悄替你挪窩，這樣你才不會覺得有什麼不舒服，等到春天來了，你醒來以後，會很驚喜的發現原來你的腳已經深入到泥土裡，你就會活得很健康。所以，你現在不應該醒來，應該趕快再睡。」

「你是誰啊？」小松樹問：「為什麼我應該相信你啊？」

「我是塑膠熊，我們家族早就已經深入到人類生活的每一個角落，他們已經沒有我們就不行了……」

「那你現在為什麼會在這裡？為什麼沒跟他們在一起啊？」小松樹問。

「這個——呃，」塑膠熊洩氣地說：「因為主人一早帶我出來看他們安頓你、和你的家人的時候，一時心血來潮想堆雪人，就把我放下來，後來她進屋的時候就把我給忘了。」

在一旁安靜了很久的小棕熊，突然很認真的問塑膠熊：「既然你知道得這麼多，那你可不可以告訴我，他們為什麼要殺我媽媽？」

「這個——這個——，我覺得你最好不要知

道。」

「爲什麼？」

「因爲太可怕了。」

塑膠熊心想，孩子啊，我要怎麼跟你

說因爲有人居然會喜歡熊皮、熊掌，所以就會有人

非法獵殺你們的這些事啊。

但是小棕熊當然還是一直追問。塑膠熊被逼急了，靈機一動，「這

樣吧，我知道今天晚上會有流星，我聽他們說，只要看到流星的時候趕

快許願，願望就會實現，也許我們可以一起等等看，等到流星來了，你

就趕快許願，希望奇蹟出現，你媽媽沒事，怎麼樣？」

塑膠熊一講完，雪人首先佩服地說：

「哇，真了不起，你真的什麼都知道耶。」

小棕熊則問：「那流星什麼時候來？」

「這個嘛——」塑膠熊抓抓腦

袋，有點兒不好意思地說：

「這個我倒不是很確

定——」

「那我們也可以許願

嗎？」小松樹問。

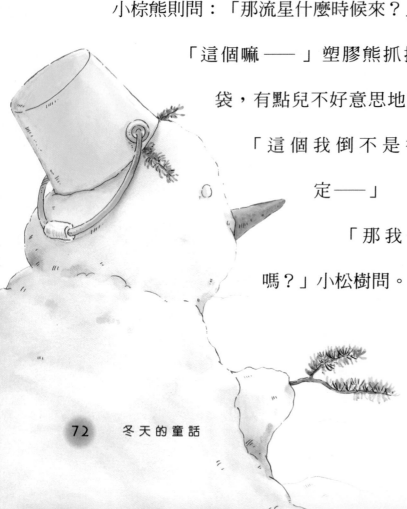

「可以呀，對呀，我們就一起來等流星，」塑膠熊說：「到時候就一起許願好了──」

正說著，突然，雪人大嚷起來：「快看快看！流星來了！」

大家趕緊紛紛抬頭，仰望星空，只見一顆流星眞的遠遠地過來了！

「趕快許願！」塑膠熊叫著。

73

小棕熊趕緊盯著流星大喊道：「我希望媽媽沒事！我希望媽媽活過來！」

「我希望長高！」塑膠熊跟著大叫。難得真的能碰上流星，他可不希望錯過這麼好的許願機會。

「那我希望長高長大！」小松樹也叫著。

就連雪人都跟著傻呼呼地叫著：「我也要長高！」

很快地，幾乎就是在轉瞬之間，流星已經無聲無息地劃過天際。

流星走了，但是大家還有些捨不得似地一直望著流星離去的方向。後來，還是塑膠熊首先打破了沉默。

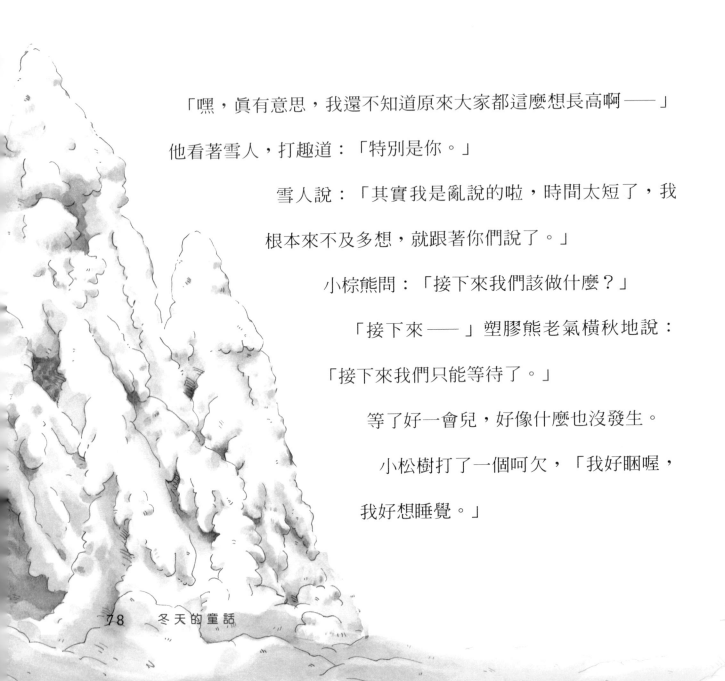

「嘿，眞有意思，我還不知道原來大家都這麼想長高啊──」

他看著雪人，打趣道：「特別是你。」

雪人說：「其實我是亂說的啦，時間太短了，我根本來不及多想，就跟著你們說了。」

小棕熊問：「接下來我們該做什麼？」

「接下來──」塑膠熊老氣橫秋地說：「接下來我們只能等待了。」

等了好一會兒，好像什麼也沒發生。

小松樹打了一個呵欠，「我好睏喔，我好想睡覺。」

塑膠熊說：「那好啊，你趕快睡吧，睡覺對你身體好。」

「媽媽說，其實我們現在都應該睡覺的——」小棕熊想起媽媽的慈愛，想起媽媽常常抱著他，哼著歌兒哄他睡覺，心裡又一陣難過。

為了打起精神，也為了懷念媽媽，小棕熊說：「我唱媽媽常常唱的安眠曲給你們聽好不好？」

「好啊。」伙伴們都很願意聆聽。

於是，小棕熊就慢慢哼了起來。

「睡吧，睡吧，小寶貝，天已經黑了，夜已經深了，又到了甜睡的時候……」

小棕熊帶著對媽媽深深的思念，一遍一遍學著像媽媽那樣輕柔地唱著。

也許是他唱得太有感情，也許是大家真的都有些累了，小棕熊唱著唱著，竟然把大家 —— 包括他自己 —— 統統都給哄睡了。

◆　◆　◆

　　幸運的是，小棕熊才剛睡著，就被屋內的小青發現了。原來，小青也在等流星呢，她看到窗外一棵小松樹下好像有什麼動物，趕快告訴爸爸，爸爸出去一看，發現是一頭似乎已經陷入昏迷的小熊。爸爸說，聽說今天村民在附近救了一頭誤踩陷阱的母熊，援救的過程還很困難，因為母熊對人類的敵意太重、戒心太強，不肯讓村民靠近，後來大家還是

找來專業人員，用麻醉飛鏢先把母熊麻醉，再合力把母熊
抬到醫療站去救治。爸爸說，也許這頭小熊就是那頭
受傷母熊的寶寶。爸爸把小棕熊抱到車上，火速把他
送往醫療站，希望由醫療站的動物專家們來照顧
這頭可愛的小熊。

幸好小青及時發現了小棕熊，因為當天晚上又下了一場大雪，

萬一小棕熊一直留在外面，他一定撐不到早上就會一命嗚呼。

　　第二天早上，雪人醒來，看到面前還掛在樹上的塑膠熊，覺得塑膠熊怎麼好像變矮了。

　　「不是我變矮，是你變高了啦。」塑膠熊說。

　　「奇怪，我怎麼會變高呢？」

　　「我想是因為雪的關係吧，昨晚後來一定又下雪了，而且還下得挺大，你看地上的積雪比昨天晚上要厚多了。」

雪人看看四周，對啊，塑膠熊說得沒錯，積雪是變厚了，而他身上的積雪自然增加了他的高度。

　　「哈哈，太棒了，」雪人開心地說：「你說得沒錯，對流星許願，願望真的會實現！」

　　「噓，小聲一點，別把他又吵醒了。」

　　塑膠熊所說的「他」，指的是小松樹。

　　「哦，好的，知道了。」雪人趕快降低音量。

　　雪人再仔細看看四周，發現少了一個伙伴。

　　「咦，那頭小熊呢？」雪人問。

　　「不知道，早上我醒來的時候就沒看到他了。」

　　一陣沉默。兩人都同時想到一些不好的事情。不過，開朗的雪人馬上又說：「不會的啦，他那麼可愛，沒人會忍心傷害他的，一定是有人想好好的照顧他，所以把他抱走了。」

　　塑膠熊也笑笑，「我想也是。」

　　雪人說：「那現在只剩下咱們兩個啦，咱們來聊天吧。」

　　「好啊，不過我們要小聲一點，有什麼好笑的事也不能笑得太大聲。」

　　雖然冬天還很長，但是有個朋友作伴，就不會那麼孤單了。

等到冬天過去，春天來了。小松樹再度悠悠醒來，打了一個大大的呵欠，迷迷糊糊地嘟嚷著：「喔，我睡得好飽、好舒服喔——現在是什麼時候啦？」

「現在是春天了，歡迎你醒來。」說話的是一個粉紅色的塑膠熊。他還掛在小松樹的身上。

「咦，我見過你，我認識你——」小松樹東張西望，看到木屋，看

到兄弟姊妹都在自己的身旁，「哎呀，我想起來了！你是那個什麼都知道的傢伙嘛——另外兩個呢？我記得還有兩個朋友啊？」

塑膠熊平靜地說：「現在只剩下我們兩個了，當然，還有你的兄弟姊妹，他們也很快就會醒過來了——」

果然，松樹們不久都陸陸續續地醒過來了。

有的說：「睡了一個飽覺，真是好舒服喔！我覺得精神好極了！」

有的說：「我覺得自己好像更強壯了！」

也有的說：「誰來告訴我，這裡是哪裡啊？」

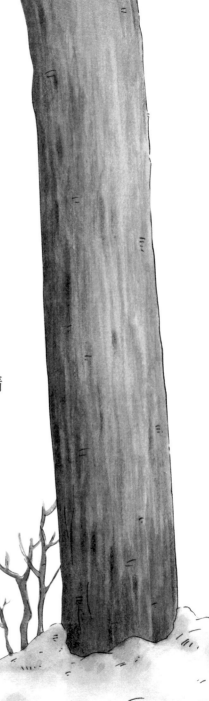

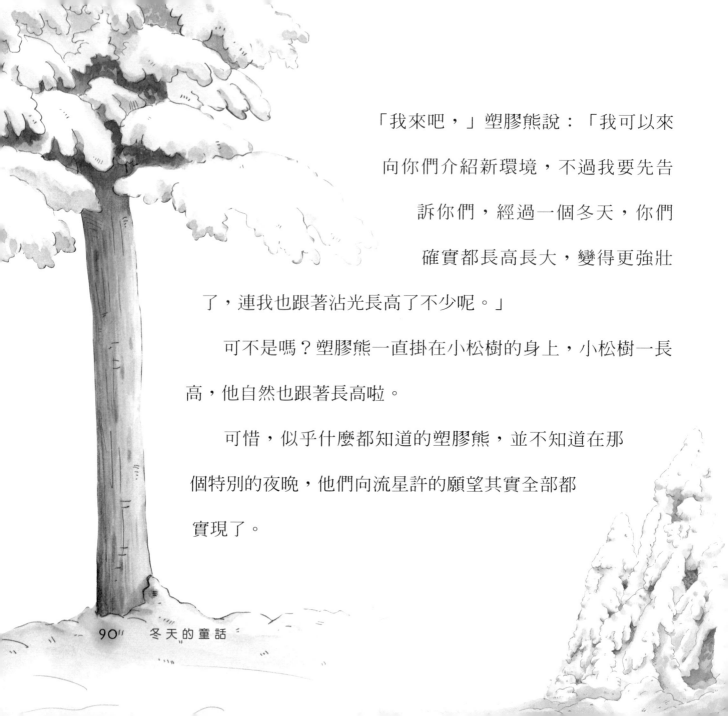

「我來吧，」塑膠熊說：「我可以來向你們介紹新環境，不過我要先告訴你們，經過一個冬天，你們確實都長高長大，變得更強壯了，連我也跟著沾光長高了不少呢。」

可不是嗎？塑膠熊一直掛在小松樹的身上，小松樹一長高，他自然也跟著長高啦。

可惜，似乎什麼都知道的塑膠熊，並不知道在那個特別的夜晚，他們向流星許的願望其實全部都實現了。

國家圖書館出版品預行編目資料

冬天的童話／管家琪著；貝果圖. -- 初版. --
 台北市：幼獅, 2010.01
 面； 公分. --（新High兒童. 童話館：8）

 ISBN 978-957-574-757-2（平裝）

859.6   98023387

‧新High兒童‧童話館8‧
冬天的童話

作　　　者＝管家琪
繪　　　圖＝貝　果
出 版 者＝幼獅文化事業股份有限公司
發 行 人＝李鍾桂
總 經 理＝廖翰聲
總 編 輯＝劉淑華
編　　　輯＝林泊瑜
美術編輯＝李祥銘
總 公 司＝10045台北市重慶南路1段66-1號3樓
電　　　話＝(02)2311-2836
傳　　　真＝(02)2311-5368
郵政劃撥＝00033368

門市
●松江展示中心：10422台北市松江路219號
　電話：(02)2502-5858轉734　傳真：(02)2503-6601
●苗栗育達店：36143苗栗縣造橋鄉談文村學府路168號（育達商業科技大學內）
　電話：(037)652-191　傳真：(037)652-251

印　　　刷＝祥新印刷股份有限公司
定　　　價＝250元
港　　　幣＝83元
初　　　版＝2010.01
書　　　號＝987182
Ｉ Ｓ Ｂ Ｎ＝978-957-574-757-2

幼獅樂讀網
http://www.youth.com.tw
e-mail:customer@youth.com.tw

感謝您購買幼獅公司出版的好書！

為提升服務品質與出版更優質的圖書，敬請撥冗填寫後（免貼郵票）擲寄本公司，或傳真（傳真電話02-23115368），我們將參考您的意見、分享您的觀點，出版更多的好書。並不定期提供您相關書訊、活動、特惠專案等。謝謝！

基本資料

姓名：_____先生／小姐

婚姻狀況：□已婚 □未婚　職業：□學生 □公教 □上班族 □家管 □其他

出生：民國_____年_____月_____日

電話：（公）_____（宅）_____（手機）_____

e-mail：_____

聯絡地址：_____

1.您所購買的書名：　**冬天的童話**

2.您通常以何種方式購書?：□1.書店買書 □2.網路購書 □3.傳真訂購 □4.郵局劃撥
　　　　（可複選）　□5.幼獅門市 □6.團體訂購 □7.其他

3.您是否曾買過幼獅其他出版品：□是，□1.圖書 □2.幼獅文藝 □3.幼獅少年
　　　　　　　　　　　　　　　□否

4.您從何處得知本書訊息：□1.師長介紹 □2.朋友介紹 □3.幼獅少年雜誌
　　　　（可複選）　□4.幼獅文藝雜誌 □5.報章雜誌書評介紹_____報
　　　　　　　　　□6.DM傳單、海報 □7.書店 □8.廣播(　　　　　　)
　　　　　　　　　□9.電子報、edm □10.其他_____

5.您喜歡本書的原因：□1.作者 □2.書名 □3.內容 □4.封面設計 □5.其他

6.您不喜歡本書的原因：□1.作者 □2.書名 □3.內容 □4.封面設計 □5.其他

7.您希望得知的出版訊息：□1.青少年讀物 □2.兒童讀物 □3.親子叢書
　　　　　　　　　　　　□4.教師充電系列 □5.其他

8.您覺得本書的價格：□1.偏高 □2.合理 □3.偏低

9.讀完本書後您覺得：□1.很有收穫 □2.有收穫 □3.收穫不多 □4.沒收穫

10.敬請推薦親友，共同加入我們的閱讀計畫，我們將適時寄送相關書訊，以豐富書香與心靈的空間：

(1)姓名_____ e-mail_____ 電話_____
(2)姓名_____ e-mail_____ 電話_____
(3)姓名_____ e-mail_____ 電話_____

11.您對本書或本公司的建議：_____

10045　台北市重慶南路一段66-1號3樓

幼獅文化事業股份有限公司

客服專線：02-23112836分機208　傳真：02-23115368

e-mail：customer@youth.com.tw

幼獅樂讀網http：//www.youth.com.tw